PROVOCAÇÕES 26

HENRIQUE DUARTE NETO

coordenação editorial Sálvio Nienkötter

editor-executivo Raul K. Souza

capa Anderson Junqueira

editoração Maria Luiza de Carvalho Rodrigues

produção Cristiane Nienkötter

Dados Internacionais de Catalogação na Publicação (CIP)
Angélica Ilacqua CRB-8/7057

Duarte Neto, Henrique
Provocações : 26 (exercícios de prosa poética)/
Henrique Duarte Neto. -- Curitiba : Kotter Editorial, 2019.
72 p.

ISBN 978-65-80103-49-2

1. Poesia brasileira I. Título

CDD B869.1

19-1573

Texto adequado às novas regras do acordo ortográfico de 1990, em vigor no Brasil desde 2009

Kotter Editorial
Rua das Cerejeiras, 194
82700-510 | Curitiba/PR
+55 41 3585-5161
www.kotter.com.br | contato@kotter.com.br

1ª Edição
2019

PROVOCAÇÕES 26

HENRIQUE DUARTE NETO

Para meus queridos filhos,
Helena e Francisco,
com amor.

Sumário

PREFÁCIO

A questão dos gêneros literários sempre foi um dos mais intrincados problemas da estética, e o presente livro de Henrique Duarte Neto tangencia vários dos motivos — poderíamos dizer fronteiras — que criam e justificam esse fato. *Provocações 26*, a começar pelo subtítulo, "exercícios de prosa poética", situa o livro no centro nevrálgico do problema nunca resolvido. O que seria a prosa poética? Qual a fronteira – tantas vezes evidente, algumas outras bastante obscura – entre prosa e poesia? O que seria exatamente o poema em prosa, quando ele deixaria de ser uma prosa mais ou menos poética para se transformar num poema de fato, um poema que prescinde dos versos? No vasto conjunto de obras vazadas em aforismos, quais delas chegariam à poesia? Se nos lembrarmos dos primórdios da filosofia grega, até que ponto a situação fragmentária do que chegou até nós reforçaria involuntariamente esse caráter aforístico?

Se no Rimbaud das *Iluminações* o *status* de poema em prosa parece bastante bem definido, quantos dos títulos que formam *Le spleen de Paris* — os *Petits poèmes en prose* de Baudelaire — seriam poemas de fato, em vez de admiráveis obras de prosa poética, a mesma pergunta que poderíamos fazer em relação ao provável pai do gênero, o grande e pouco lembrado Aloysius Bertrand do *Gaspard de la Nuit*? Se a história do poema em prosa é muito rica na literatura na qual surgiu, atravessando o século XX de Max Jacob a René Char, no Brasil ele tem um lugar significativo, a partir de Cruz e Sousa — no qual tal fronteira entre prosa poética e poema em prosa é mais ou menos complexa — até os exemplares modernistas de Manuel Bandeira e Carlos Drummond de Andrade, entre outros, chegando a essa obra-prima de Jorge de Lima que se intitula "O grande desastre aéreo de ontem" e ao mais ponderável conjunto do gênero criado entre nós, o de Mário Quintana.

Deixando de lado essa questão algo bizantina e insolúvel, os textos de Henrique Duarte Neto passam sempre muito perto da filosofia, especificamente da estética, e estão implacavelmente próximos do pensamento aforístico, aquele que atinge um dos seus momentos mais altos em certos moralistas franceses do século XVII e se aproxima de nós com numerosos nomes ilustres, de Nietzsche até Cioran. Por outro lado, uma segunda delimitação melindrosa se impõe em *Provocações 26*, onde o aforismo estético passaria do campo da filosofia para o da crítica literária? Qual a separação exata entre a crítica e a estética, este ramo da filosofia? Talvez haja um excesso de maiêutica nestas linhas, mas ele nos parece justificado. Além disso, as reflexões críticas do autor não se limitam ao campo literário, mas entram nos domínios da música e do cinema, esta que é a única entre as artes que a humanidade pôde precisamente ver nascer.

O que é inegável em Henrique Duarte Neto, especialmente na parte mais polêmica do livro, aquela, aliás, que melhor lhe justifica o título, é a sua saudável desconfiança — aversão talvez fosse a palavra mais exata — ao *establishment* crítico, mais exatamente ao *establishment* literário. Temos uma impressão, que nunca foi mais do que isso, de que a qualidade do *establishment* estético segue a qualidade da arte de sua época, de seu momento de vigência, de seu exato instante de ser o *establishment*, instante às vezes muito efêmero, como sabemos. Em certos momentos gloriosos, o da grande pintura europeia da Renascença e do século XVII, o do classicismo vienense na música, o da pletórica eclosão da arte moderna a partir de primórdios do século XX, o das explosões criadoras que o cinema conheceu nas décadas de 1920 e 1960, um *establishment* justo, sólido e duradouro parece ter sido alcançado, enquanto nos momentos de decadência — que nunca se percebem como tais — ocorreria exatamente o contrário.

Tudo isso, reconhecemos, é muito vago, muito difícil de apreender de forma sólida, mas como a palavra provocação dá título ao livro que o leitor tem em mãos, em relação a ela nos parece muito claro que o autor atinge o seu objetivo.

Alexei Bueno
31-7-2019

"A lembrança é a liberdade do passado".
Maurice Blanchot, O Espaço Literário.

CADERNO I:
PRETÉRITO PERFEITO

"Nada envelhece tão depressa quanto a novidade.
Só o que já nasceu velho é que não envelhece."
José Paulo Paes, "Aporia da Vanguarda".

O Belo ou Ars Antiqua I

O Belo não é simplesmente uma fagulha, um crepitar de chamas, é muito mais um jorro de fogo e luz poderosíssimo, que inunda o universo de norte a sul e de leste a oeste! Sob a sua tutela toda a criação parece ser emanação divina, o elo que outrora se perdeu e que ao seu comando se resgatou deveras. Todos os seres mitológicos, a começar pelas Musas, revelam que não há virtude sem beleza e, diante desta conjunção miraculosa, toda a natureza encontra seu ponto de equilíbrio. Belo! Se se pode dizer numa fórmula, a justa medida de todas as coisas.

Comunhão ou Ars Antiqua II

Entre sonho, devaneio, vertigem tive a visão de outra época, em que o poeta era mais do que o simplório e comportado homem de letras dos dias atuais. O poeta exercia seu sacerdócio, conclamava as multidões a ouvi-lo e, fazendo-se redentor, distribuía seu corpo e sangue em forma de poema. As palavras agrupadas representavam o corpo e o ritmo, a cadência, a música, o sangue. Todos os devotos partilhavam desta extraordinária comunhão!

Aurora

De ontem para hoje, a aurora da vida resgatada por fragmentos da memória. Infância, o belo mais belo, amor inocente e sem exigências, pureza maximizada. No teu firmamento não há espaço para a traição, mágoa, fingimento. És a estrela que rutila a luz da amorosidade, da paz, da amizade desinteressada. Se o crepúsculo é belo ao representar o fecho, a última cena, a aurora simboliza o prólogo, o modo como os atores adentram no grande espetáculo da vida.

Canção das Crianças Mortas

Tão cedo, nem bem Primavera, e tu, senhora cruel, levaste estas flores em botão. Os olhos azuis das crianças, outrora faróis a iluminar meus dias, agora permanecerão apagados, numa desolação sem fim. Tão cedo para vós, crianças, e tão tarde para mim, profeta da dor. Contudo, não será tarde para evocar-vos em lembrança, passado para além da tragédia, ponte entre o vivido e a saudade.

Dor

Dor, alegria das glândulas sensitivas, tu és a paga do ferido, do doente e do atormentado. Tua principal característica é a de irmanar todos os seres, pois quem de ti sofre independe de qualquer prerrogativa. Tu és regozijo às avessas, sendo evitada pelo homem comum e por isso mesmo procurada por alguns santos e ascetas. Para mim, singelo poeta à procura de sabedoria e de requinte estético, representas um belo esboço do que seria o inferno.

Presença

Entre mulheres comuns idealizei meu canto, vendo em cada detalhe dos corpos uma deixa para a explosão de um espetáculo de alusões e assombros. Este espetáculo é como uma sonata imaginária de um músico amador, mas talentoso. Sim! mulheres comuns, porém que alçaram alto voo na intimidade deste poeta da saudade, nostálgico por excelência. A presença do conjunto feminino em meu íntimo adocicou meu espírito, enlevou meu ser, tanto que é de encanto e de docilidade que é composto este poema. E para todo o resto da existência levarei tal presença como um repositório de meus mais vivos sentimentos, aqueles que jamais conseguirei exteriorizar devidamente em palavras.

Aurea Mediocritas

Quero a vida simples, sem descomedimentos, em que a hipérbole possa ser refreada ao máximo e que o poema seja sereno. Assim, seguirei os passos de Horácio, dos árcades e de mestre Caeiro. Quero mais sorver a realidade do que pensar nela, porque pensar como diz o poeta é estar doente dos olhos. Portanto, prezo por uma linguagem clara, pois o belo parece estar na expressão do simples, não na do complexo e rebuscado artifício, que são armadilhas que afastam o poeta do justo caminho. Quero, enfim, da minha vida campestre extrair a seguinte lição: a existência sem sobressaltos é mais feliz do que aquela recheada de emoções e sentimentalismos irrefreáveis.

O Anjo do Arrabalde

Nas circunvizinhanças, bairros próximos ou afastados, jamais encontrei um ser como aquele! Jovem, com seus 12 ou 13 anos, baixa estatura, porte delgado, cabelos castanho-escuros, olhos azuis e uma expressão que, num átimo de segundo, me fez lembrar uma criatura transcendental, como um anjo. No caso, o anjo do arrabalde. Vi-o de longe, ao amanhecer, mas o suficiente para desacelerar a minha pressa de peregrino da errância. Fiquei com os olhos fixos nele, depois parece que não vi mais nada, absorto que estava no pensamento daquela representação.

Quando voltei a mim, ele não estava mais presente em meu campo visual. O céu ardia num matiz carmim no esplendor da aurora. Fiquei a indagar-me se tudo não passara de alucinação, se não teria imaginado aquela visão. Imaginação ou não, jamais esquecerei o pequenino anjo, nascido de uma andança à manhãzinha.

Augusto 1920-1940

Tinhas 20 anos incompletos e uma vida toda pela frente. Talvez uma vida singela, sem grandes aventuras, romances e contratempos. Enfim, uma existência campesina. Mas a morte pousou sua asa negra sobre ti e tão impiedosamente te levou dos pais e irmãos para o desconhecido. Assim, tudo que sei de Augusto, meu tio-avô, é um nome e as datas de nascimento e morte. Entretanto, sigo em frente, levando em meu íntimo a tua presença velada, porém decisiva, herança psicofísica inapagável de teu universo.

Madrugadas Curitibanas

Uma das mais memoráveis lembranças que tenho dos tempos passados em Curitiba refere-se às madrugadas de insônia ou trabalho em meu apartamento, em que nas horas de intervalo dos afazeres, ou de puro relaxamento, contemplava a cidade da sacada. Uma constelação de sentimentos me assaltava, mas o medo do futuro, para o jovem de 30 anos, era o mais vigoroso. Hoje, passados mais de quinze anos, tenho saudade daquela época de medos e sentimentos tão fortes e ingênuos. Parece que o tempo nos ensina que os períodos difíceis se tornam mais fáceis com a soma dos anos e que podemos até olhar com nostalgia e uma ponta de contentamento o que tanto nos afligiu. Por isso, quando penso naqueles anos curitibanos, daqui, da minha minúscula cidade, fora dos mapas geográficos e literários, tendo a agradecer: – Obrigado, Curitiba!

CADERNO II: CIRCUITO ESTÉTICO

"A poesia é igualmente um espaço de sombras, tentativa de perceber o escuro no escuro. Ainda quando a poesia seja noturna, o poeta não deixa de ser um iluminado. Mesmo que, no caso, se possa dizer: um iluminado de sombras."

Antonio Carlos Secchin, *Aforismos*

Rachmaninov por Anna Fedorova

Não sei se é o glamour da música ou da pianista, ou a conjunção de ambas, mas ao ouvir Rachmaninov tocado por Anna Fedorova, um frisson nasce no coração da plateia. As pausas, respirações, ataques, cada detalhe da performance da pianista é motivo para um verdadeiro colóquio poético-musical. Há com certeza pianistas tão eficientes (palavra fria!) quanto ela, nenhum ou nenhuma encarna mais a alma russa de Sergei Rachmaninov. O Concerto para Piano Nº 2, sua obra mais conhecida, representa a convergência entre oriente e ocidente, entre o espírito russo do compositor e a sua criatividade que transcende o espaço. É nesta obra que Fedorova parece se sentir mais à vontade, realizando do início ao fim o que só podemos fruir e entender como sublime.

A Sétima Sinfonia de Mahler

Entre o que foi e o que será, o passado e o vindouro, a onipresença de teus sons em meu íntimo. Do Romantismo tardio à Vanguarda, esta música não imita a realidade, se faz realidade. O Allegro inicial, mais lírico do que trágico, contraria o espírito da sinfonia anterior: a Trágica. A Sétima, com seus noturnos (segundo e quarto movimentos), relembra a época das récitas à janela das damas, com violão e bandolim solos incorporados à orquestra. Porém Mahler também sabe ser soturno, criando um Scherzo central "de natureza sombria". Por fim, no quinto e último movimento, Rondó, há a chegada do dia, e com ele a mais esfuziante alegria. Sinfonia da noite, do tempo, do amor, a Sétima é tudo isso e muito mais! Representa o olhar sobre um período de crise da civilização, com nostalgia do passado, mas também com fé e esperança revigoradas no futuro.

Anatomia do Filme
(sobre "O Sacrifício", de Andrei Tarkovsky)

O grande plano milimetricamente descortinado, cenário que diz mais do que em qualquer outro cinema. Chegaste, Tarkovsky, como poucos, a revelar a própria constituição do filme, em uma sincronia na qual não é possível escapar da verdade, da tua própria verdade. "O Sacrifício", teu filme mais pessoal e derradeiro, assinala de uma ponta à outra a esperança, por trás de toda a estupidez humana.

Os sentimentos, que cobrem toda uma gama das mais variadas emoções, foram desvelados inteiramente por ti. Como se no filme houvesse um processo catártico no qual os atores e nós, singelos espectadores, nos submetêssemos à intervenção do cineasta-psicanalista.

Por trás do abismo entre os homens, do abismo que é o ser humano, há a esperança de que tudo poderá ser suplantado por um sacrifício, o sacrifício que transcende credos, filosofias e postulados científicos, mas que promete a paz: o sacrifício de cada um.

Para Além do Cárcere a Morada

Para quem considera o soneto apenas como forma fechada, um cárcere poético, tomemos o exemplo de Cruz e Sousa e Augusto dos Anjos. Em tais poetas os sonetos suplantam o puro intelectualismo, são matéria em ebulição, visto que a emoção não é de forma alguma cativa da forma, mas com esta constrói uma conjunção deveras instigante. Nos dois casos tem-se a impressão de que a forma é um tipo de recorte no fluxo inesgotável da inspiração. Na poesia de alto quilate que antecedeu o Modernismo, o soneto ao invés de cárcere é morada.

Paesiana

Em José Paulo Paes a forma sintética encontra-se atrelada ao sentir amplificado, numa conjunção que lembra o surgimento do universo, a condensação de toda a matéria num único ponto, minúsculo, mínimo. O poemeto paesiano é o espaço onde todas as ideias, sensações e sentimentos se fazem presentes aos que buscam realmente o ler.

Surrealismos

Tão surreal quanto os elefantes de Dalí, o olho esquerdo vazado em Buñuel, o amor louco de Breton, a santa virgem puta de Péret, as vaginas de cimento de Willer, é o que o artista faz guiado por sua verdade pessoal casada com o benfazejo amparo da infindável inspiração.

A Ficção de Kafka

Com Kafka há, talvez pela primeira vez na história da literatura, a inversão entre ficção e realidade. Aquela se torna mais real que esta, pois já não a imita, mas cria, povoa o mundo de seres grotescos e absurdos. O fato de termos correlatos em nossa própria realidade empírica não significa que as duas esferas sejam absolutamente conexas, e sim que a ficção encontrou maneiras mais instigantes de dizer o que em nosso dia a dia fica apenas entrevisto, ou nem mesmo esboçado. A prosa de Kafka, repitamos, é mais real do que o nosso paupérrimo mundo.

Kafkianas

I. O animalesco no homem é uma metáfora cheia de perninhas.

II. Na "Carta ao Pai" somos todos um pouco filhos de Kafka.

III. Em "O Castelo" o cenário se faz mais do que pura ambientação.

IV. Kafka ultrapassa a crueza do Realismo com o nonsense de Vanguarda.

Kafka à la Schopenhauer

O absurdo está presente no coração da existência, entre volições arbitrárias. Quanto mais arbitrária for a volição, maior a chance de ela sair vencedora.

Deformação

O artista moderno vale-se de uma estratégia sui generis, pinta um quadro que se não chega a ser abstrato é muito menos figurativo. Assim, utiliza as formas e matizes para deformar a realidade. Torce, expande, retrocede, funde... as figuras, demonstrando que elas merecem ser olhadas de um outro jeito, muito mais sofisticado e atento. Desta forma, os sentidos amplificados e não mais domesticados poderão ver mais, expandir continuamente os horizontes da fruição estética.

Poética

I. A ambiguidade no campo da poesia é muito menos um problema do que uma solução.

II. Não há um caminho único para se fruir e analisar poesia.

III. O Carpe Diem árcade foi em tempos mais recentes tão vulgarizado (com uma entrega absurda a todo tipo de prazer e ao sensorialismo mais imediato), que os escritores neoclássicos morreriam de novo ao perceber que de um simples aceno se fez a mais feroz algazarra.

IV. O agônico romântico é das coisas mais estupendas propiciadas pela arte, simbiose entre o sentido e o materializado esteticamente.

CADERNO III: PROVOCAÇÕES

"eu desço da nave espacial
no relâmpago que martela suas vísceras
dando pontapé na bunda pedregosa dos velhos poetas"
Roberto Piva, Estados Unidos do Fogo

Receita de Poesia – Provocações I

Faça poemas sem adjetivos, de forma impessoal e sem a revelação de sentimentos. A frieza, mesclada ao pretenso despojamento do artesanato, é o segredo da boa poesia. Sigamos numa ponta Leminski, Cacaso, Chacal, Ana Cristina Cesar e até Francisco Alvim e, noutra, os irmãos Campos, Pignatari e Arnaldo Antunes. "Vomito em todos eles!", diz o poeta insubordinado e emotivo.

Assim, a poesia ultrapassa tais receitas, é adjetiva e superlativa, não pelo simples fato de o bom poeta usar esses recursos, mas por ser constituinte de sua própria natureza. Isto é, aquela que não se quer às expensas da magreza poética dos dias atuais, mas quer, sobretudo, ver resgatada a emoção e a beleza que lhe fazem jus.

Carta a um Poeta Medalhão – Provocações II

Foste bem longe, não?! Quase ganhaste o Jabuti! Seria mais difícil de te aturar se a tua poesia levasse essa... Sim, a tua poesia, saudada por parte da crítica universitária, aqui e na América do Norte. Sim, a tua poesia: raquítica, sem substância, reduzida a um puro jogo linguístico, amorfa, natimorta. Entretanto, encontraste nesta crítica sedenta por falsos ídolos a oportunidade de consagração. Nada de novo, a história da poesia brasileira é feita também de farsas e farsantes. E o meu asco hoje, foi o de outros num passado mais recente ou remoto.

Paulo Coelho em Drágeas – Provocações III

I) Mago para o deleite de uma multidão de asnos.

II) Cianureto com gelo para o embotamento das ideias.

III) Óculos sem grau para os cegos.

IV) A pseudoliteratura combinada ao mau odor da classe média.

Provocações IV

Pergunta provocativa:
– Um destino ou uma obra?
Resposta do poeta astuto:
– Um destino em uma obra!

Provocações V

A mais provocativa das perguntas:
– O que é a vida?
Mais uma resposta do poeta astuto:
– A vida é o que componho, e o que se deixa compor.

impresso em papel pólen
tipografia Adobe Caslon Pro
primavera 2019